Islamic Fol

Taubatnya Perampok Kuburan Dan Tujuh Mayat

Edisi Bilingual

(The Repentance of Grave Robber & Seven Corpses)

by

Muhammad Hamzah Sakura Ryuki

2024

Publishing

2024

Prologue

Pada masa kekhalifahan islam terdapat seorang pemuda yang kerjanya menggali kuburan dan mencuri kain kafan untuk dijual.

Pada suatu hari, pemuda itu berjumpa dengan seorang ahli ibadah untuk menyatakan kekesalannya dan keinginan untuk bertaubat kepada Allah SWT Sang Pencipta Alam Semesta Maha Penyayang.

During the Islamic Caliphate, there was a young man who dug graves and stole shrouds to sell.

One day, the young man met a worshipper to express his frustration and desire to repent to Allah SWT The Creator of the Universe.

Prologue

Dia berkata; "*Sepanjang aku menggali kubur untuk mencuri kain kafan, aku telah melihat 7 perkara ganjil yang menimpa mayat-mayat tersebut*".

"Lantaran aku merasa sangat insaf atas perbuatanku yang sangat keji itu dan ingin sekali bertaubat," kata dia menyesal.

Yang pertama, ia melihat mayat yang pada siang harinya menghadap kiblat. Tetapi apabila menggali semula kuburnya pada waktu malam, wajah si mayat berubah membelakangkan kiblat.

He said; "*During the time I was digging graves to steal shrouds, I saw seven strange things happen to the corpses*".

"Because I felt very sorry for my heinous act and wanted to repent," he said regretfully.

First, he saw a corpse that was facing the qibla during the day. But when he dug the grave at night, the corpse's face turned away from the Qiblah.

Chapter 1

“Mengapa terjadi begitu, wahai tuan guru?” tanya pemuda itu.

“Wahai anak muda, mereka itulah golongan yang telah mensyirikkan Allah SWT sewaktu hidupnya. Lantaran Allah SWT menghinakan mereka dengan memalingkan wajah mereka dari mengadap kiblat, bagi membedakan mereka daripada golongan muslim yang lain,” jawab ahli ibadah tersebut.

Sambung pemuda itu lagi; “ Golongan yang kedua, aku lihat wajah mereka sangat elok semasa mereka dimasukkan ke dalam liang lahat. Tatkala malam hari ketika aku menggali kubur mereka, aku melihat wajah mereka telah berubah menjadi buruk. Mengapa begitu halnya, wahai tuan guru?”

“Why is that, O master?” the young man asked.

"O young man, they are the group who have shirked Allah SWT during their lifetime. Because Allah SWT humiliated them by turning their faces away from facing the qibla, to distinguish them from other Muslim groups," replied the worship expert.

The young man continued; "The second group, I saw their faces very beautiful when they were put into the grave. At night when I dug up their graves, I saw that their faces had turned ugly. Why is this the case, O master?"

Chapter 2

Jawab ahli ibadah tersebut; " Wahai anak muda, mereka itulah golongan yang meremehkan dan meninggalkan salat sewaktu hidupnya. Sesungguhnya salat merupakan amalan yang pertama sekali dihisab. Jika salatnya sempurna, maka sempurnalah amalan-amalan kita yang lain."

Pemuda itu menyambung lagi: " Wahai tuan guru, golongan yang ketiga yang aku lihat, pada waktu siang mayatnya kelihatan seperti biasa saja. Apabila aku menggali kuburnya pada waktu malam, ku lihat perutnya terlalu gelembung, keluar pula ulat yang terlalu banyak daripada perutnya itu" .

Jawab ahli ibadah tersebut " Mereka itulah golongan yang gemar memakan harta yang haram, wahai anak muda," balas ahli ibadah itu lagi.

The worshipper replied: "O young man, they are the ones who disdain and neglect prayer during their lifetime. Indeed, prayer is the first deed to be judged. If the prayer is perfect, then our other deeds will be perfect."

The young man continued: "O master, the third group that I saw, during the day the corpse looked normal. When I dug his grave at night, I saw that his stomach was too bubbly, too many worms came out of his stomach."

The worshipper replied, "They are the ones who love to eat haram wealth, O young man," the worshipper replied again.

Chapter 3

Golongan keempat, melihat mayat yang jasadnya bertukar menjadi batu bulat yang hitam warnanya. Mengapa terjadi begitu?

"Wahai pemuda, itulah golongan manusia yang durhaka kepada kedua ibu bapanya sewaktu hayatnya. Sesungguhnya Allah SWT sama sekali tidak ridha kepada manusia yang menderhakai ibu bapaknya".

Ia juga melihat mayat yang kukunya amat panjang, hingga membelit-belit seluruh tubuhnya dan keluar segala isi dari tubuh badannya.

Mereka itulah golongan yang gemar memutuskan silaturrahim. Semasa hidupnya mereka suka memulakan pertengkaran dan tidak bertegur sapa lebih daripada 3 hari.

The fourth group saw a corpse whose body had turned into a black cobblestone. Why does that happen?

"O youth, that is the group of people who disobey their parents during their lifetime. Indeed Allah SWT is not at all pleased with humans who disrespect their mothers and fathers."

He also saw a corpse whose fingernails were so long that they wrapped around its entire body and all the contents of its body came out.

They are the ones who like to break their ties of kinship. During their lifetime they like to start quarrels and do not speak to each other for more than 3 days.

Chapter 4

Bukankah Nabi Muhammad SAW pernah bersabda, bahwa sesiapa yang tidak bertegur sapa melebihi 3 hari bukanlah termasuk dalam golongan umatnya.

Kemudian golongan yang keenam yang dilihat, sewaktu siangnya lahatnya kering kerontang. Tatkala malam ketika aku menggali semula kubur itu, mayat tersebut terapung dan lahatnya dipenuhi air hitam yang amat busuk baunya.

"Wahai pemuda, itulah golongan yang memakan harta riba sewaktu hayatnya," jawab ahli ibadah tadi.

Did not the Prophet Muhammad SAW once said, that anyone who does not greet more than 3 days is not among his people.

Then the sixth group that was seen, during the day the lava was dry. At night when I redug the grave, the corpse floated and the grave was filled with black water that smelled very bad.

"O young man, that is the group that ate usury during their lifetime," replied the worshipper.

Chapter 5

Dan golongan terakhir yang dilihat adalah mayatnya sentiasa tersenyum dan berseri-seri pula wajahnya. "*Mengapa demikian halnya wahai tuan guru?*" tanya pemuda itu lagi.

Mereka itulah golongan manusia yang berilmu. Dan mereka beramal pula dengan ilmunya sewaktu hayat mereka.

Inilah golongan yang memperoleh ampunan dan rahmat kemuliaan di sisi Allah SWT baik sewaktu hayatnya maupun sesudah matinya.

Ingatlah, sesungguhnya daripada Allah SWT kita datang dan kepada-Nya jualah kita akan kembali. Kita akan dipertanggungjawabkan atas setiap amal yang kita lakukan, hatta walaupun amalan sebesar zarah.

Wallahu a'lam.

And the last group that was seen was that the corpse was always smiling and beaming. “Why is this the case, master?” asked the young man again.

They are the class of people who are knowledgeable. And they do good deeds with their knowledge during their lifetime.

This is the group that gets forgiveness and grace glory in the side of Allah SWT (God) both during life and after death.

Remember, indeed from Allah SWT we come and to Him alone we will return. We will be held accountable for every deed we do, even if it is as small as a zarah.

Wallahu a’lam.

Author Bio

The Nameless Titanium Swordsman from Forgotten Land of Illiyin

www.ingramcontent.com/pod-product-compliance
Lightning Source LLC
Chambersburg PA
CBHW071321230926
51849CB00002B/280
9786029743524